Friedchen Göttle · Sommerwind und Lebensstürme

AF286049

In diesem Zweiten Buch finden Sie meine Erlebnisse, Erzählungen, so wie meine Träume und auch Erfahrungen, die ich in meinem Leben gemacht habe. Das alles habe ich in Verse und Reime gefasst und so wurden sie zu einem Gedicht. Ich bin mir sicher, dass sie Ihnen gefallen werden und wünsche Ihnen vergnügte und unterhaltsame Stunden.

Friedchen Göttle

Sommerwind und Lebensstürme

Zeitreise durch das Leben

Ich bedanke mich bei der Gärtnerei Hanns
in Kusel für die freundliche Genehmigung
zum Fotografieren.

© 2005 Friedchen Göttle
Satz und Layout: Buch&media GmbH, München
Umschlaggestaltung: Kay Fretwurst, Spreeau unter Verwendung
einer Fotografie von Friedchen Göttle
Herstellung und Verlag: Books on Demand GmbH, Norderstedt
Printed in Germany
ISBN 3-8334-3741-3

Einleitung

Mein Leben diente mir als Vorlage für meine Gedichte, in denen auch die Natur eine ganz große Rolle spielt. Ich liebe meine abendlichen Spaziergänge, wo ich in Ruhe über alles nachdenken kann. Ich mag diese Stille und spüre dann den Atem der Natur. Sehr gerne mache ich auch kleine Wanderungen am frühen Morgen, wo sich die Natur mit ihrer ganzen Schönheit vor mir ausbreitet. Da sehe ich so viele Dinge, die andere Menschen nicht sehen. Hier bin ich nicht allein und fühle mich geborgen. Um mich herum ist so viel Leben. Wenn die ersten Sonnenstrahlen auf die Gräser fallen, dann funkeln die kleinen Tautropfen wie glitzernde Edelsteine. Auch das ist für mich ein Teil meines Lebens und jeden Morgen ein neues Geschenk.

Friedchen Göttle

Mein Rezept

Man nehme 200 g Phantasie

100 g Erinnerungen

100 g wahre Begebenheiten

2 gehäufte Esslöffel Träume

2 gestrichene Teelöffel Wünsche

1 kleines Cognac Gläschen

gefüllt mit Humor

Das alles wird dann mit einer guten

Hand voll Liebe gemischt

und so entsteht mein Gedicht

Das Leben und Ich

Ich liebe das Leben
doch liebt es auch mich?
Ich habe manchmal das Gefühl
heut lässt es mich im Stich

Schwere Prüfungen hält es bereit
stellt große Anforderungen an mich
überhäuft mich mit tausend quälenden Fragen
kann ich sie beantworten, oder nicht?

Unlösbare Rätsel gibt es mir auf
so dass ich mich frage, wo fang ich an?
eine Prüfung ist kaum zu Ende
da fängt die Nächste schon an

Dunkle Wolken breitet es über mir aus
und entzieht mir das Sonnenlicht
lässt Stürme über mir toben
bis der Glauben fast zerbricht

Und wenn ich oftmals denke
jetzt kommt der letzte Augenblick
dann trägt es mich bis zur Himmelspforte
und schickt mich wieder zurück

So treibt das Leben sein Spielchen mit mir
und freut sich, wenn es seinen Spaß haben kann
doch ich trete ihm mutig entgegen,
so dass es mir nichts anhaben kann

Mein schönstes Geschenk

Wenn ich am Morgen erwache
ohne Sorgen und es geht mir gut
dann bin ich glücklich und zufrieden
und schöpfe neuen Mut

Ich öffne alle Fenster
lass gute Laune herein
genieße den Duft vieler bunter Blumen
die sich alle mit mir freuen

Die Sonne strahlt mir entgegen
der Himmel zeigt sich in seinem schönsten Blau
alle Zweige der Bäume sich im Takte bewegen
zu einem Lüftchen lind und lau

Ein kleines Bächlein rauscht vorüber
es kann nicht stille stehn
und freut sich jeden Morgen
wenn wir uns wieder sehn

In der Ferne höre ich Kinder singen
ganz fröhlich und frohgemut
ein kleines Rehlein will vorüberspringen
schaut zu mir herauf, es geht ihm gut

Hoch in den Tannenbäumen tanzen Vögel
ihr Tänzchen in der Morgenstund
sie freuen sich ihres Lebens
die Welt ist schön und bunt

So stehe ich immer wieder
und schaue, genieße und denk
es ist für mich an jedem Morgen
mein schönstes Geschenk.

Meine große Leidenschaft

Meine Gedanken, meine Erlebnisse
die schreibe ich am liebsten nieder bei Nacht
ich setze alles in Ferse und Reime
und so werden sie zum Gedicht gemacht

Niemand stört mich wenn ich überlege
ganz still ist es in der Nacht
ich habe die Ruhe für mich alleine
und werde nicht aus dem Konzept gebracht

Doch am andern Morgen
da fällt mir plötzlich ein
diese letzte Zeile vom zweiten Vers
die muss anders sein

Ich stehe gerade in der Küche
und lege den Braten in den Topf
da kommt mir ein guter Gedanke
und beißt sich fest in meinem Kopf

Ich muss die Küche verlassen
gehe zum Schreibtisch und sage mir
jetzt geht es um Sekunden
und bringe schnell meine Gedanken zu Papier

Da kommt ein Geruch aus der Küche
ich habe ihn gleich erkannt
doch wie ich mich auch beeile
mein Braten ist verbrannt

So geht es mir in letzter Zeit öfters
mein Mann sagt mir ganz ungeniert
du warst doch immer so eine gute Köchin
was ist mit dir passiert

Dann zählt er mir eine Liste auf
und ich muss sagen das alles ist geschehen
ich frage mich jetzt immer
wie soll das weitergehen

Die Bratkartoffeln sehen aus wie Raben
Früher waren sie goldbraun
und man konnte sich dran laben

Die Suppe schmeckt fade
man kann sie kaum essen
ich habe das Salz
und die Gewürze vergessen

Das Gemüse ist total verkocht zu Brei
ich schütte es zu dem Wasser
das sich Suppe nennt dabei

Dann hole ich das Dessert
um sich wenigstens daran satt zu essen
doch beim ersten Versuch merke ich
ich habe den Zucker vergessen

Aber jetzt habe ich eine Lösung gefunden
die jedem gefällt
ich habe für die nächste Zeit
Essen auf Räder bestellt

Denn kaum bin ich in der Küche
da fällt mir der Anfang eines neuen Gedichtes gerade
ein
ich springe schnell zum Schreibtisch
und lass Küche, Küche sein

Ihr könnt es mir glauben
ich habe mich nicht geirrt
so geht es, wenn das Schreiben
zur großen Leidenschaft wird

Ich

Ich liebe die Liebe die Musik den Humor
sie locken den miesesten Kater hinterm Ofen hervor
ein Kind von Traurigkeit das bin ich nicht
und sage es jedem ganz frei ins Gesicht

Ich liebe die Dämmerstunde vor dem nahenden
Morgen
sie nimmt mir die Angst und ich fühl mich geborgen
jeder neue Tag schenkt mir wieder neue Kraft
Ich bedanke mich bei meinem Schöpfer
ich habe es wieder einmal geschafft

Ich liebe auch das Lachen die Freude den Scherz
sie erfüllen mit Frohsinn mein ganzes Herz
Ich liebe die Sonne den Mond und die Sterne
sie bringen mir Licht und wohlige Wärme

Ich liebe den Wind und die Stürme
wenn sie brausen und toben ums Haus
da fühle ich mich sicher und mach mir nichts draus
Ich bin keine Rose die ihre Blätter verliert im Wind
und möchte doch gerne fliegen wie ein Vogel so
geschwind

Ich liebe die Stille in der dunklen Nacht
sie kommt geschlichen ganz heimlich und sacht
sie kommt ganz nah zu mir in den Raum
und schenkt mir einen wunderschönen Traum

Was ich so mag

Am frühen Morgen weckt mich die Sonne
ihre goldenen Strahlen streicheln über mein Gesicht
ich liebe diese Morgenstunde
doch dunkle Wolken mag ich nicht

Ich mag Dein heiteres Lachen
auch wenn es nur ganz selten ist
ich mag Menschen die fröhlich sind und mal
Scherze machen
doch einen Brummbär mag ich nicht

Ich liebe Kinder die sich freuen
mit strahlenden Augen im Gesicht
doch ich bin traurig, wenn ich Kinder sehe die
leiden müssen
ihren Anblick ertrage ich nicht

Ich freue mich mit älteren Menschen
die nicht allein sind und ihren Lebensabend genießen,
ich könnte weinen mit solchen, die arm sind und
verlassen
das kann ich nicht begrüßen

Ich mag Menschen die zusammenhalten
egal ob jung oder alt
und keine, die an sich nur denken
mit Herzen wie Eis so kalt

Warum ?

Ach Du allmächtiger großer Gott
ich rufe Dich an in meiner Not
ich habe an dich so viele Fragen
hoffentlich kannst Du mir eine Antwort sagen

Du schufst doch einst eine heile Welt
heut sieht sie aus wie auf den Kopf gestellt
der Mensch zerstört alles sogar die Natur
ich frage Dich: *Warum* duldest Du das nur

Die Menschen führen Kriege und bekämpfen sich
Warum lässt Du das nur zu so frag ich mich
Kinder werden gequält und geschlagen
Warum so muss ich Dich schon wieder fragen

Alte Menschen werden abgeschoben
Warum Du siehst das doch auch von da oben
arme Leute sterben hungernd am Wegesrand
Warum reicht niemand ihnen eine warme Hand

Wer arm ist, den lässt man noch ärmer werden
wer reich ist, besitzt die Macht auf Erden
auch Du warst doch einst ein armer Mann
Warum schaust Du Dir das so lange an

Mach Du doch dass die Menschen wieder friedlich
werden
dass Liebe und Güte wieder herrscht auf Erden
und für jeden die Sonne scheint an allen Tagen
dann brauch ich nicht mehr *Warum* zu fragen

Lebe dein Leben

Genieße stets Dein Leben
erfreue Dich daran bei Tag und auch des Nachts
der Herrgott hat es Dir gegeben
um zu sehen was Du daraus machst

Du lernst die Freude kennen
schon in der Kinderzeit
bewahre sie dir ein ganzes Leben
halt immer sie bereit

Und kommt zu Dir die Liebe
dann halte sie ganz fest
Du kannst nur Liebe geben
wenn sie Dich nie verlässt

Auch mittendrin im Leben
wenn Du noch Wünsche hast
bleib immer hübsch bescheiden
viele Wünsche sind eine große Last

Dann in den späteren Jahren
wenn Du Dich näherst Deinem Ziel
wirst Du es bald erfahren
das Leben ist kein Spiel

Die Hoffnung darfst Du nicht verlieren
sie sollte immer an Deiner Seite sein
oftmals geschehen doch noch Wunder
und sind sie auch noch so klein

Bewahre Dir stets den Gauben
halte Dich immer daran fest
vieles kannst Du noch vollbringen
wenn er Dich glauben lässt

Ein neuer Frühling

Der Frühling kommt mit Brausen
er ist ein stürmischer Gesell
zieht fröhlich durch die Lüfte
die Farben verändern sich ganz schnell

Ich gehe ihm freudig entgegen
das Herze jubelt in meiner Brust
ein Grünen und Blühen auf allen Wegen
ich empfinde Freude und Lust

Die vielen bunten Vögel
sie freuen sich auch mit mir
und stimmen froh ein Liedchen an
der Frühling ist jetzt hier

Er zieht durch weite Lande
mit seiner Farbenpracht
erweckt alles zu neuem Leben
Frau Sonne freundlich lacht

Was gestern noch grau und öde war
erstrahlt heute leuchtend und grün
wo kahle leblose Blätter standen
sieht man herrliche Blumen blühn

Er haucht ihnen ein neues Leben ein
und schenkt ihnen einen herrlichen Duft
alles fängt jetzt wieder zu atmen an
ein neuer Frühling liegt in der Luft.

Wahre Freunde

Viele Menschen lernst du kennen
in deinem ganzen Leben
die einen die sich Freunde nennen
die andern stehn daneben

Das Leben meint es gut mit dir
weil immer nur die Sonne für dich scheint
deine Freunde stehen dir zur Seite
weil man es gut mit dir meint

Dann kommen die ersten Schicksals-Schläge
und stellen dir ein Bein
jetzt kannst du deine Freunde suchen
denn plötzlich bist du ganz allein

Wo sind sie nur geblieben
du kannst sie suchen weit und breit
und hast du sie gefunden
dann haben sie für dich keine Zeit

Die andern die daneben standen
sie kommen jetzt auf dich zu
und bieten dir ihre Hilfe an
sie empfinden so wie du

Deine wahren Freunde lernst du jetzt erst kennen
sie sind einfach da und stehen dir bei
die andern die sich Freunde nennen
bestehen nur aus Heuchlerei

Im Strom des Lebens

Ich treibe im Strom des Lebens
keiner weiß wo geht die Reise hin
was ich auch versuche es ist vergebens
ich bin gefangen in ihm

Vorbei an Klippen und Felsen
wo Stürme der Verzweiflung drüber ziehn
weit in der Ferne das Tal der Hoffnung
wo die Blumen der Erkenntnis blühn

Doch für mich gibt es kein Verweilen
hohe Wellen tragen mich weiter fort
vorbei am Hafen der Liebe
ich bliebe so gerne dort

Vor mir fährt ein Schiff es heißt Sehnsucht
mit all meinen Wünschen an Bord
es wird mich wohl geleiten
zu diesem verheißungsvollen Ort

Immer weiter wird der Fluss mich treiben
er wird stets mein Begleiter sein
dann bringt er mich durch das Tor der Träume
in das Land der Ewigkeit hinein

Die Liebe

Ich habe die Liebe gefunden
ohne sie ist das Leben so leer
sie lässt uns auf Wolken schweben
wenn wir fast versinken im Meer

Sie verzaubert all unsere Sinne
lässt höher schlagen unser Herz
und trägt wie auf Adlers Schwingen
all unsere Gedanken himmelwärts

Sie schenkt uns die glücklichsten Stunden
wo wir möchten, da sie nie vergehen
und lässt uns für ein paar Stunden
in den Himmel der Liebe sehen

Doch hast du sie einmal verloren
und Kälte dringt in dein Herz
ein Gefühl als wären wir niemals geboren
begleitet von Wehmut und Schmerz

Dann versuche sie wieder zu finden
ohne sie kannst du nicht bestehen
sie ist die Mächtigste von allen
und lässt Träume in Erfüllung gehen

Die Sprache der Frau
wer kennt sie genau

Nein heißt: Ja,
Du kannst gehen
heißt:
bleib bitte da

Geh nur, ich werde dich nicht vermissen
heißt:
wann wirst du mich endlich wieder einmal küssen

Ich habe dich nie gewollt es war nur ein Versehen
heißt:
ich mag dich und möchte dass wir nie auseinander
    gehen

Ich konnte dich nie leiden, es ist Zeit dass ich dir das
    einmal sag
heißt:
ich bin noch in dich verliebt so wie am ersten Tag

Du bist der abscheulichste Mensch auf der ganzen
    Welt
heißt:
es gibt keinen andern, der mir so gut wie du gefällt

Hätte ich doch auf meine Mutter gehört die hat das
  nie gewollt
heißt:
keinen andern hätte ich genommen und wäre er aus
  purem Gold

Ach dann nimm dir doch eine andere aber schau
  zuerst noch einmal in den Spiegel
        Die Sprache der Frau ist ein Buch
              mit sieben Siegel

Die Natur erwacht

Es war an einem Frühlingsmorgen
im Wonnemonat Mai
ich erwachte aus meinen Träumen
die Nacht sie war vorbei

Ein Blick aus dem Fenster sagte mir
auch die Natur ist schon erwacht
Nebelschwaden ziehen vorüber
ganz langsam still und sacht

Zaghaft kommen die ersten Sonnenstrahlen
und blinzeln mir ins Gesicht
Tautropfen funkeln wie Edelsteine
der Tag sein Schweigen bricht

Ringsum sehe ich bunte Blumen blühen
auch sie sind schon erwacht
und strecken ihre Köpfchen hoch
derweil die Sonne lacht

Vorm Haus die alte Tanne
sich leise im Morgenwinde wiegt
durch ihre Äste dringen die ersten Sonnenstrahlen
ein Vogel aus seinem Nestchen fliegt

Und in den Bäumen ringsumher
hüpfen bunte Vögel von Ast zu Ast
und singen mir ein Morgenlied
die Zeit vergaß ich fast

Ein Rascheln dort am Waldesrand
da – jetzt konnte ich es sehen
ein kleines Rehlein ängstlich und scheu
im hohen Gras dort stehen

Vom nahen Kirchturm die Glocke klingt
ein jeder jetzt an seine Arbeit geht
ich freue mich dass ich dies alles sehen kann
dafür danke ich in meinem Gebet

Die kleine Gartenbank

Vor unserem Haus die kleine Bank
sie steht in unserem Garten
schon viele Jahre steht sie da
wird immer auf mich warten

Und manchmal wenn ich Sorgen hab
da find ich bei ihr Ruh
sie ist ganz still, widerspricht mir nicht
und hört mir immer zu

Doch Sturm und Regen mag sie nicht
da fühlt sie sich so allein
dicke Tränen rinnen ihr dann übers Gesicht
und sie wartet auf den Sonnenschein

Dann steht sie da umrahmt von roten Rosen
mittendrin in einer bunten Blütenpracht
sie freut sich wenn der Frühling kommt
und vom Himmel die Sonne wieder lacht

Doch in der schönen Sommerzeit
springen Kinder lachend um sie her
dann wünscht sie sich die kleine Bank
dass immer Sommer wär

Aber wenn es wieder kälter wird
und draußen stürmt und schneit
dann ist sie wieder ganz allein
und tut mir ach so Leid

Der Wind

Er ist ein lustiger Geselle
der durch alle Gassen fegt
er schüttelt alles durcheinander
was immer sich bewegt

Selbst auch die stärksten Bäume
ihre Äste zerrt er hin und her
und reißt sie auseinander
als ob Papier es wär

Da kommt des Wegs Herr Meier
mit Mantel Stock und Hut
der Wind er will ihn ärgern
Herr Meier gerät in Wut

Der Hut fliegt ihm vom Kopfe
er rennt ihm hinterdrein
beinahe hätte er ihn gefangen
doch es hat nicht sollen sein

So geht das Spielchen weiter
bis er den Hut dann nicht mehr sieht
Herr Meier hat verloren
zum Fangen ist er zu müd

Die Kinder auf der Straße
genießen diesen Scherz
der Wind zaust sie in den Haaren
und wirft ihre Mützen himmelwärts

Mutters Wäsche auf der Leine
ach das sieht ganz putzig aus
dort tanzen Arme und Beine
gerade hinter unserm Haus

Ohne Kopf und ohne Füße
sie schlagen Purzelbaum
der Wind er pfeift sein Lied dazu
so schön man glaubt es kaum

Ich mag den Wind so gerne
er fasziniert mich immer mehr
ach könnte ich doch mit ihm ziehen
schon als Kind rannte ich hinter ihm her

Winnie, der kleine Stern

In einer klaren Mondnacht
da kann man ihn gut sehn
den kleinen Stern Winnie
dort oben am Himmel stehn

Oftmals ist er sehr traurig
dann wünscht er sich so sehr
dass er unter all den Sternen
etwas ganz Besonderes wär

Da bittet er Gott Vater
warum bin ich so klein
kannst du mir denn nicht helfen
ein großer Stern zu sein

Da sprach zu ihm der Herrgott
es wird schon jetzt etwas geschehen
viel strahlender als all die andern
wirst du am Himmel stehn

Da unten auf der Erde da gibt es Menschen
die sind verlassen und allein
sie brauchen unsere Hilfe
und diese Hilfe sollst du jetzt sein

Denn all die kleinen Sterne
die so hell leuchten in der Nacht
die werden zum Wohle der Menschen
zu ihrem Schutzengel gemacht

Da fing »Winnie« an zu leuchten
noch viel heller als er je gedacht
er war jetzt etwas ganz Besonderes
und wurde zum Beschützer gemacht

Schau hinauf zum großen Sternenhimmel
ganz hell leuchtet »Winnie« in der Nacht
vielleicht ist er dein Schutzengel
der jetzt immer dich bewacht

.

Ein kleiner Morgenspaziergang

Ich wandere durch grüne Wiesen
und genieße die Schönheiten der Natur
ich freue mich über bunte Blumen
und höre dem kleinen Bächlein zu

Es rauscht an mir vorüber
muss hurtig weiterfließen
vorbei an großen dunklen Tannen
die das kleine Bächlein grüßen

Der Wind spielt in den Bäumen
ihre Äste wiegen hin und her
darauf sitzen singende Vögel
als ob es eine Schaukel wär

Ich bleibe stehen und schaue
den bunten Vögeln zu
ich freue mich mit ihnen
und empfinde Frieden und Ruh

Dann gehe ich weiter durch grüne Gräser
wo Tautropfen funkeln wie Kristall
alle Blumen heben ihre Köpfchen
ein Duften und Blühen überall

Die Sonne lacht vom Himmel
und schaut ihnen freundlich zu
mit ihren golden glänzenden Strahlen
verzaubert sie alles im Nu

Und jedes Jahr im Frühling
da kann man diese Wunder sehn
nimm dir nur Zeit zum Schauen
die Natur ist bunt und schön

Der Sommerwind

Vom Himmel strahlt die Sommersonne
ich gehe durch grüne Wiesen
wo tausend bunte Blumen blühen
ein Blütenteppich zu meinen Füßen

Ich sehe dich schon kommen
und weiß, das bist du
ich gehe dir freudig entgegen
mein Herz es jubelt dir zu

Hier trafen wir uns zum ersten Mal
wo wir glücklich wie die Kinder waren
Blumen und Gräser wiegen sich wie im Tanze
der Sommerwind spielt in meinen Haaren

Du pflückst mir einen bunten Strauß
wir haben uns wieder gefunden
dann steckst du mir eine Blume in mein Haar
wir sind glücklich, wenn auch nur für ein paar
Stunden

Uns verzaubert ein lieblicher Blütenduft
wir gehen beide Hand in Hand
durch diese bunte Wunderwelt
wo ich dich und deine Liebe fand

Und kann ich auch nicht bleiben
mein Herze immer wieder zu dir find
ich werde dich nicht vergessen
Dich und den *Sommerwind*

Lasst Blumen sprechen

Es war an einem Frühlingsmorgen
ich konnte es selber sehen
mitten in meinem Blumengarten
zwei Tulpen beieinander stehen

Sie hoben ihre Köpfchen
majestätisch stolz und schön
da hörte ich sie leise reden
und ich konnte sie verstehen

Die rote Tulpe sprach zur gelben
komm mit wir wollen auf Reisen gehen
die Sonne lacht vom Himmel
das Wetter ist so schön

Was tust du hier im Garten
immer nur herumzustehen
da draußen in der großen Welt
gibt es so viel zu sehen

Und schau dir nur die Vögel an
sie fliegen am Himmel hin und her
da kann man sich doch nur wünschen
dass man ein Vogel wär

Da sprach die gelbe Tulpe
das hört sich töricht an
ich weiß dass das was wir können
bestimmt kein Vogel kann

Wir bereiten den Menschen Freude
und berühren so manches Herz
mit unserem Duft und unserer Schönheit
begleiten wir sie bei Freude und Schmerz

Dann umarmten sich die beiden
und waren im Glück vereint
sie freuten sich wieder ihres Lebens
und dass die Sonne für sie scheint

Gedanken zum Muttertag

Die schönste Zeit in meinem Leben
das wurde mir längst klar
war die Zeit mit meinen Kindern
als ich eine junge Mutter war

Die Tage vergingen wie im Fluge
sie sangen spielten und tobten sich aus
auch stellten sie mir unzählige Fragen
Freude und Lachen zog durchs ganze Haus

Heut sind sie erwachsen und aus dem Hause
egal ob fern oder nah
sie melden sich tagtäglich
und sind immer für mich da

Neulich sah ich Frau Meier
wie sie sich aus dem Fenster lehnt
sie wartet schon seit Tagen auf ihre Kinder
nach denen sie sich doch so sehr sehnt

Sie sagte: Einmal müssen sie doch kommen
egal an welchem Tag vielleicht kommen sie
aber auch erst zu meinem Geburtstag,
wenn nicht dann aber bestimmt an Muttertag

Da fing ich an zu überlegen
wie gut ich es doch wirklich hab
kaum habe ich einen Wunsch ausgesprochen
dann ist er schon erfüllt am nächsten Tag

Ich bedanke mich bei meinen Kindern
und möchte ihnen sagen, wie gern ich sie mag
ich bin eine glückliche Mutter
denn für mich ist immer Muttertag.

Eine rote Rose

Schick mir heute eine rote Rose
wie du es schon so oft getan
sie ist ein Zeichen unserer Liebe
die vor langer Zeit begann

Ob die Sonne lacht am Himmel
oder Stürme und Regen ziehen durchs Land
du hast mich nie vergessen
eine rote Rose von dir ich immer fand

Dann halte ich sie fest in meinen Händen
sie bringt deine Sehnsucht her zu mir
wir verstehen uns auch ohne Worte
ich weiß, dass ich dich nie verlier

Wir finden uns in unseren Träumen
dann bleibt die Zeit stille stehn
keinen Augenblick wollen wir versäumen
und so tun als wäre nichts geschehn

Und fängt die Rose an zu welken
der Wind bringt ihre Blätter mit meiner Liebe zu dir
und dann am nächsten Morgen
liegt wieder eine rote Rose vor meiner Tür

Am Sonntag ist Muttertag

Der Himmel ist klar da wird das Wetter schön
dann heißt es heute Morgen für mich
ich muss etwas früher aufstehn
vor mir liegt so viel Arbeit
am besten wird sein ich fange gleich an
damit ich in Ruhe alles schaffen kann
denn Hetze ist etwas das ich nicht mag
und schließlich ist ja am Sonntag
Muttertag

Zuerst begebe ich mich ins Bad
dusche und mache mich frisch
dann gehe ich in die Küche
koche Kaffee und decke den Tisch
beim Essen bin ich schon unruhig
und denke über meine Arbeit nach
denn eines ist sicher am Sonntag ist
Muttertag

Ich nutze das schöne Wetter
putze alle Fenster und Böden im Haus
wasche Vorhänge und Gardinen
und lüfte die Betten aus
bis es Abend wird bin ich endlich fertig
aber auch ich bin total geschafft
und bringe das Abendbrot zu Tische
gerade noch mit letzter Kraft
da ruft mein Mann mir entgegen:

Warum arbeitest du so viel,
du weißt, dass ich das nicht mag
ich kann ihm nur leise erwidern
aber am Sonntag ist doch
Muttertag

Und dann am nächsten Morgen
fühle ich mich besser und nicht mehr so matt
ich muss ja noch Kuchen backen
und fahre deshalb ganz schnell in die Stadt
die Kinder haben ihren Lieblingskuchen bestellt
und sagen mir immer wieder: Mutters Kuchen
ist der beste auf der ganzen Welt er schmeckt so gut
dass man keinen andern mehr mag
da freuen sich schon alle auf den
Muttertag

Und endlich ist es dann wieder einmal so weit
die Kinder und Enkelkinder treffen ein
zur verabredeten Zeit
die Kleinen freuen sich so sehr
und spielen gern im Rasen hinterm Haus
doch wenn es regnet, dann spielen sie drinnen
und räumen mir mit Vorliebe die Schubladen aus
auch jeder schöne Tag geht einmal zu Ende
und ich spüre wie gerne ich sie alle mag,
doch leider gibt es ihn nur einmal im Jahr den
Muttertag.

Ich warte auf Dich

Du holtest mir vom Himmel die Sterne
und schenktest mir in der Nacht den Mond
ach wärest du mir nicht so ferne
dein Bild in meinem Herzen wohnt

Wann kommst du endlich wieder
ich träume jede Nacht von dir
doch am Morgen wenn ich erwache
dann bist du nicht mehr hier

Ich höre dann noch dein Lachen
und spüre deine Hände über mir
dann möchte ich dich umarmen
doch du bist nicht bei mir

Ich rufe den Wind und die Stürme
wenn sie vorüberziehen
dann schicke ich dir meine Liebe
und sie tragen sie zu dir hin

So lange die Sonne noch steht am Himmel
und der Mond noch leuchtet über mir
so lange werde ich auf dich warten
denn du kommst zurück zu mir

Dann hat das Warten ein Ende
und du stehst vor meiner Tür
nimmst mich zärtlich in deine Arme
denn ich bin ein Teil von dir

War es nur ein Traum?

Ich sah wie der Himmel sich öffnete
und stand da oben vor der Tür
da kam Gott Vater der Allmächtige
und sprach ganz leise zu mir

Ich habe dich noch nicht gerufen
was willst du kleine Frau
schon immer habe ich dich beobachtet
das weißt du doch ganz genau

Mehrmals habe ich deinen Schutzengel
zu dir geschickt
er erreichte dich gerade noch
im letzten Augenblick

Du warst immer tapfer
niemals hörte ich dich klagen
du verlierst nie den Mut
in guten wie in schlechten Tagen

Deine Familie sorgt sich um dich
mit ihr da hast du wirklich Glück
du kannst hier oben noch nicht bleiben
deshalb schicke ich dich auf die Erde zurück

Noch vieles wirst du erreichen
und ist dein Sommer auch schon bald vorbei
dein Herbst schenkt dir noch wunderschöne Tage
so wie im Wonnemonat Mai

Dann öffnete ich erstaunt die Augen
und war wieder auf der Erde zurück
ich stand vor der Himmelspforte
und war es auch nur für einen Augenblick

Ein guter Freund

Er ist der beste Freund auf Erden
egal was ich auch tu
er ist stets an meiner Seite
und schaut mir immer zu

Am Morgen wenn ich erwache
steht er schon neben mir
und will mir damit sagen
steh auf ich bin schon hier

Doch dann nach unserem Frühstück
schaut er mich fragend an
du wirst es doch nicht vergessen
unser Spaziergang ist jetzt dran

Wir tollen dann durch die Gegend
er ist mir weit voraus
ich kann nicht Schritt mit ihm halten
die Puste geht mir aus

Und kommen wir dann nach Hause
begibt er sich zur Ruh
ich geh an meine Arbeit
und er blinzelt mir dann zu

Er hat mich immer im Auge
lässt niemand an mich ran
ich stelle mir oft die Frage
ist so treu auch ein Mann?

Sommerzeit

Blauer Himmel Sonnenschein
dunkle Wolken da sag ich nein
ein Blütenmeer wohin ich schau
bunte Blumen gelb und blau

Ich schreite durch ein Paradies
um mich herum ein Duften lieblich und süß
hoch in den Bäumen der Vögel Chor
sie singen mir ein Liedchen vor

Die Sonne lacht vom Himmelszelt
und meint es gut mit dieser Welt
wenn sie mich mit ihren goldenen Strahlen küsst
dann freue ich mich dass wieder Sommer ist

Blühende Bäume herrlich anzusehen
fröhliche Menschen die an mir vorübergehen
froh gelaunt man hört sie lachen und scherzen
der Sonnenschein dringt in alle Herzen

Saftige Wiesen blühend bunt und schön
ich kann mich gar nicht satt daran sehn
um mich herum eine farbenfrohe Zauberwelt
wer hat diese Wunder nur bestellt

Schmetterlinge spielend durch die Lüfte fliegen
zarte Gräser die im Tanz sich wiegen
ein Duften und Blühen weit und breit
jetzt ist sie da die Sommerzeit

Der Clown

Die Bühne ist sein Zuhause
und das Publikum seine bunte Welt
hier ist er ein Star für viele Menschen
bis dass der Vorhang wieder fällt

Er jongliert mit großen und kleinen Bällen
oder stellt sich wie ein Tollpatsch an
fällt über seine großen Schuhe
und macht einen Handstand dann

Danach spielt er auf seiner Mundharmonika
mit seinen großen Füßen schlägt er die Trommel dazu
das Publikum ist hell begeistert
und alle jubeln ihm zu

Sie mögen den Clown so gerne
mit seinem bunt bemalten Gesicht
er muss lachen und Scherze machen
seinen Kummer sieht man nicht

Seine große Liebe hat er verloren
sie war für ihn alles auf der Welt
doch ein Clown muss die Menschen zum Lachen
bringen
wenn auch manchmal eine Träne fällt

Wenn dann die Show zu Ende ist
und der Vorhang langsam fällt
dann kommen wieder seine Sorgen
und er lebt in einer anderen Welt

So ist es auch bei vielen anderen Menschen
wenn es dunkelt und die Sonne nicht mehr für sie
scheint
dann spielen sie einen Clown
und wenn das Herz dabei auch weint

Du

Soll ich weinen soll ich lachen
sag was magst Du denn an mir
was ich tue was ich mache
alles stört dich heut und hier

Dein Starrsinn und Deine Kälte
laufen mir eiskalt übers Gesicht
doch wenn ich Dich nur berühre
ist es falsch Du magst es nicht

Meine Gefühle trittst Du mit Füßen
und stampfst sie in den Boden ein
bin ich traurig bin ich fröhlich
so was magst Du nicht o nein

Deine Gesten Deine Worte
treffen mich wie ein kalter Stein
so wie viele harte Stiche
dringen sie in mein Herz hinein

Oftmals frag ich mich im Stillen
bist Du ein Mensch oder nur eine Figur
Du bestehst nur noch aus Kälte
doch von Liebe keine Spur

Und dürfte ich mir etwas wünschen
so bitt ich Dich o Herr dass Du mir helfst
streu etwas Liebe in solche Herzen
sonst zerbrechen sie noch an sich selbst

Unser alter Apfelbaum
oder Apfelblüte im September

Schon lange Jahre steht er da
so alt man glaubt es kaum
ich möchte ihn nicht mehr missen
unseren alten Apfelbaum

Mit seinen Blättern spielt der Wind
und singt dazu ein Lied
seine Zweige wiegen sich im Wind
sie werden gar nicht müd

Und zieht der Frühling in das Land
zeigt der Baum sich in seiner ganzen Pracht
sieht aus wie ein großer weißer Blumenstrauß
ganz plötzlich über Nacht

Schnell geht die Blütenpracht vorbei
dann kann man deutlich sehn
winzig kleine Äpfelchen
ganz niedlich anzusehn

Die Sonne tut ihr Bestes
die Äpfel reifen schnell
sie haben dicke rote Bäckchen
man möchte sie pflücken auf der Stell

Dann kommt die Apfelernte
sie schmecken himmlisch saftig und süß
da könnte man fast meinen
es wären Äpfel aus dem Paradies

Ganz langsam zieht der Herbst ins Land
der Sommer ist vorüber
und draußen auf unserem Apfelbaum
singen die Vögel ihre Abschiedslieder

Es war an einem Morgen im September
was konnte ich da staunend sehn
einen weiß blühenden Apfelbaum
hinter unserem Haus dort stehn

Ist das vielleicht ein Wunder
oder sogar eine Laune der Natur
nein unser alter Apfelbaum
macht es wie die Menschen nur

Die Äpfel sind geerntet
es geht dem Herbst entgegen
warum soll es da für unseren alten Apfelbaum
nicht auch noch einen »Zweiten Frühling« geben.

Das Reich »Nirgendwo«

Draußen tobte und stürmte es
das Rauschen der Bäume konnte ich hören
ihre Äste peitschten gegeneinander
so dass sie mich im Schlafe stören

Ich wälzte mich im Bette hin und her
fand lange keine Ruh
doch irgendwann, ich weiß es nicht
da fielen mir die Augen zu

Ich fand mich wieder im Reiche Nirgendwo
und wusste nicht wohin
durch große Räume irrte ich
Fenster und Türen waren keine darin

Verzweifelt lief ich hin und her
Beine und Füße taten mir weh
ich fand nicht den geringsten Halt
gähnende Leere wohin ich auch geh

So irrte ich stundenlang umher
und wusste nicht ein noch aus
kann mich denn niemand hören
wer hilft mir hier heraus

Und plötzlich war der Raum ganz hell
überflutet von einem Lichtermeer
ich schloss die Augen sie taten mir weh
und ich ängstigte mich so sehr

Immer heller wurde es dann
vorbei war nun die dunkle Nacht
ich lag wieder in meinem Bette drin
und bin langsam aufgewacht

Es war ein heller Sonnenstrahl
der fiel mir mitten ins Gesicht
doch wo ich war und woher ich kam
ich weiß es leider nicht.

Die Nachtfahrt

Wir Frauen von der Gymnastikgruppe
machen alles mit großer Freud
so manchen Spaß haben wir schon erlebt
und nichts davon bereut

Nach so mancher Übungsstunde
da fiel der Gruppe immer etwas ein
so war es auch an jenem Sommerabend
die Luft war so frisch und rein

Wir haben für heute Abend genug geschuftet
so klang es plötzlich im Chor
schau dir nur mal dieses herrliche Wetter an
wir nehmen uns noch was vor

Einige Frauen die kleine Kinder hatten
mussten selbstverständlich nach Haus
die anderen versammelten sich
und wollten in die Stadt hinaus

Alle wurden in die Autos aufgeteilt
irgendwie wird es uns schon gelingen
ich musste, eine andere Lösung gab es nicht
die restlichen neun Personen in meinem Auto unter-
bringen

Wie die Heringe waren sie zusammengepresst
wir hatten es aber geschafft
als ich die Türen schließen wollte
gelang es mir nur mit aller Kraft

Wir fuhren einfach los
mit viel Gelächter kamen wir auch an
es wurde ein wunderschöner Abend
so wie man ihn sich nur wünschen kann

Doch alles hat einmal ein Ende
wir mussten jetzt nach Haus
ich stieg mit meinen neun Frauen als Letzte in den
Wagen
die anderen fuhren schon einmal voraus

Wir waren eine fröhliche Gesellschaft
das sah man auf den ersten Blick
alle Fußgänger winkten uns zu
und wir winkten freundlich zurück

Sogar die entgegenkommenden Autofahrer
blinkten auf und jubelten uns zu
da schau nur, sagten meine Mitfahrerinnen
so bekannt ist dein Auto und du

Dann waren wir zu Hause
wir kamen gut in unsrem Örtchen an
das Erste was wir auf der Straße sahen
war ein als Polizist verkleideter Mann

Er hielt uns an, ich musste halten
ich denk ich seh nicht recht, der Kerl war ja echt
dann sagte er und sah mir ins Gesicht:
Warum fahren Sie die ganze Nacht schon ohne Licht

Da haben wir kurz nachgedacht
auf einmal wurde uns klar
dass das Winken und das Blinken
ein ganz besonderes Zeichen war

Da sprach der gute Mann:
Total überladen und dann noch ohne Licht
das kommt Sie sehr teuer
ich muss das melden, das ist meine Pflicht

Mensch was machen Sie mir damit wieder Arbeit
da weiß ich wirklich nicht was ich tu
ich glaube es ist am besten
ich drücke beide Augen zu

Ein unvergessener Urlaub

Es war vor ein paar Jahren
in der schönen Winterzeit
die Kinder schenkten uns einen Urlaub
wir haben uns sehr gefreut

Mal Ski fahren im Schwarzwald
oder im Schnee spazieren gehen
das Essen in Ruhe genießen
das ist doch wunderschön

Wir packten unsere Koffer
mein Mann ging nochmals durch das Haus
überprüfte alle Vorsichtsmaßnahmen
ich ging schon mal voraus

Wir fuhren in die Berge
und kamen auch gut an
das Hotel war einfach Spitze
wo unser Urlaub dann begann

Wir trafen nur nette Menschen
und saßen abends rund um den großen Kamin
der Besitzer erzählte seine Geschichte
und wir hörten alle hin

Das Hotel war durch einen Kaminbrand
bis auf die Grundmauern ganz zerstört
er musste alles wieder neu aufbauen
wir haben bedauernd zugehört

Doch jeder Urlaub geht einmal zu Ende
und war er auch noch so schön
wir bedankten uns für die freundliche Bewirtung
und versprachen uns wiederzusehen

Wir freuten uns auf unser Zuhause
und fuhren gerne wieder heim
doch wir sollten eine Überraschung erleben
und die war gar nicht mal so klein

Kaum waren die Türen aufgeschlossen
da schauten wir ganz dumm
ein Geruch kam uns entgegen
der haute uns fast um

Mein Mann der vor dem Urlaub alles überprüfte
hatte den Strom im ganzen Haus abgestellt
er wollte das alles sparen
und hielt sich für den klügsten Mann der Welt

Die große Tiefkühltruhe war bis oben hin gefüllt
die Heizung abgestellt in jedem Zimmer eiskalt,
da meinte er, du brauchst nicht zu frieren
das haben wir doch bald

Jetzt wird mal kräftig eingeheizt
da sollst du gleich mal sehen
hier wird es jetzt ganz mollig warm
noch bevor wir schlafen gehen

Und wie es so richtig gemütlich war
stürmten die Nachbarn schon ins Haus
kommt schnell, oben sind überall Flammen zu sehen
das sieht nach einem Kaminbrand aus

Die Feuerwehr war auch ganz schnell
und versuchte zu löschen die ganze Nacht
das war ein unvergessener Urlaub
doch er hatte uns kein Glück gebracht

Sparen; ja, da bin ich sehr dafür
das weißt du doch mein Schatz
doch nur, wenn man keinen Schaden nimmt dabei
und nicht am falschen Platz

Mein bester Freund der Baum

Gestern konnte ich ihn noch vor meinem Fenster
sehen
majestätisch stolz und prächtig
seine Blätter lustig sich im Tanze drehen
an seinen Zweigen stark und mächtig

Wenn der Wind durch seine Äste fuhr
dann säuselte er ein Lied
und sang mich in den Schlaf hinein
dabei wurde ich so schön müd

Ich weilte so oft in seinem Schatten
wenn ich mal so richtig traurig war
dann streichelte er mir mit seinen Zweigen
ganz behutsam und zärtlich über mein Haar

Ich konnte über alles mit ihm reden
weil er ganz alleine mich verstand
er war ein Stück von meinem Leben
ein guter Freund wie man ihn nur einmal fand

Was hat er nur verbrochen
er hat doch niemand was getan
warum musste er so früh sterben
was fange ich jetzt ohne ihn nur an

Er war ein Freund wie es sonst keinen gab
ich mochte ihn so sehr
nun liegt er da in seinem Grab
um mich herum ist alles leer

Wem kann ich mich jetzt anvertrauen
so denke ich und schaue in das Morgenrot
da liegt er nun zu meinen Füßen
mein bester Freund der Baum ist tot

Mädchen-Jahre

Ich sehe noch die Zeit vor mir
als ich ein junges Mädchen war
es war eine unvergessene schöne Zeit
doch das wurde mir erst später klar

Damals schien immer die Sonne
trübe Tage gab es da nicht
mir war, als wäre ich eine Blume
die strebte nach der Sonne Licht

Tolle Freundinnen hatte ich
zu jedem Streich waren wir bereit
immer wieder fiel uns was Neues ein
das war eine wunderschöne Zeit

Eines konnte ich nicht verstehen
es war mir einfach nicht klar
eine Woche zog sich damals so lange hin
wie heute ein ganzes Jahr

Ich wollte doch schnell älter werden
denn wenn es dunkel wurde da mussten wir nach
Haus
wir wollten doch so gerne mal tanzen gehen
ihr seid zu jung hieß es bleibt ihr mal schön drauß

Mit siebzehn durfte ich dann endlich zum Tanze
das war ein Höhepunkt in dieser Zeit
meine Mutter war eine sehr gute Schneiderin
und nähte mir ein wunderschönes Kleid

Ich war sehr stolz und schaute in den Spiegel
wie eine Prinzessin sah ich aus, da erkannte ich genau
kein kleines Mädchen schaute mich da an
ich wurde langsam eine junge Frau

Ganz stolz gingen wir dann zum Tanze
und freuten uns so sehr auf die Musik
das war für uns junge Mädchen
ein unvergessener Augenblick

Jetzt kamen auch tolle Burschen auf uns zu
die ersten Freundschaften fingen an
und plötzlich begann es überall zu kribbeln
ein neuer Lebensabschnitt begann

In meinem Herzen konnte ich etwas spüren
ein Gefühl das ich vorher nie gekannt
es hatte auch einen Namen
die erste Liebe wurde es genannt

Doch die Liebe kommt nicht alleine
mit ihr kommt auch der Schmerz
du lernst ihn langsam kennen
er zerreißt dir fasst das Herz

Dann stehst du an der Schwelle des wahren Lebens
und ersehnst das große Glück
doch oftmals suchst du es vergebens
und schaust dann sehnsuchtsvoll zurück.

Tanz der Puppen

Es war einmal eine Puppe,
die war so süß und nett,
und wenn ich abends schlafen ging,
saß sie schon auf meinem Bett

Dann lächelte sie mich zärtlich an,
so wie ein strahlender Sonnenschein,
da nahm ich sie in meine Arme
und war nicht mehr allein

Ich erzählte ihr eine Geschichte
und was ich so am Tag getan,
sie hörte mir stillschweigend zu
und sah mich mit großen Augen an

Manchmal erzählte ich ihr auch von meinen Sorgen,
die so ein junges Mädchen hat,
dann hörte ich von ihr einen kurzen Seufzer,
aber auch sie wusste keinen Rat

Ganz langsam wurde ich müde,
und der Mond sah zu mir herein
bei seinem ruhigen goldenen Schimmer,
da schlief ich friedlich ein

Und plötzlich verwandelte sich mein Zimmer
in einen Raum, so groß glitzernd und schön,
dort sah ich viele Puppen tanzen,
so wie ich sie noch nie gesehn

Sie trugen festliche Spitzenkleider
und hatten golden funkelndes Haar,
da sah ich meine Puppe tanzen,
weil sie die schönste von allen war

Sie kam zu mir herüber,
ganz leise verflog die Nacht,
ich hielt sie fest in meinen Armen,
so sind wir dann am nächsten Morgen aufgewacht

Meine Gedanken

Ich erwache am frühen Morgen
die Sonne lacht mir ins Gesicht
mir geht es gut, ich bin zufrieden
und freue mich über der Sonne Licht

Dann gehe ich an meine Arbeit
an diesem wunderschönen Tag
doch plötzlich bin ich in Gedanken
und denke über so manches nach

Die Kinder sind längst aus dem Hause
doch oftmals fehlen sie mir so sehr
dann ist die Stille kaum zu ertragen
und alles erscheint mir öde und leer

Ist das das stille ruhige Leben
das man als junge Frau und Mutter so ersehnt
mal nichts tun und spazieren gehen
oder im Sessel sitzen und zurückgelehnt

Die Wohnung bleibt immer aufgeräumt
es sei denn, mein Mann ist gerade zu Haus
dann ist sie gleich wie verwandelt
und keiner kennt sich darin mehr aus

Manchmal gehen wir zusammen spazieren
mit großen Schritten schreitet er vor mir her
ich möchte die Schönheiten der Natur genießen
und trippele langsam hinterher

Ich höre noch wie er mit mir redet
doch ich verstehe davon keinen Ton
er glaubt mich noch an seiner Seite
dabei bin ich meilenweit entfernt davon

Bis er mich vermisst ist er bereits zu Hause
und erwartet mich fragend vor der Tür:
Wo kommst du her wo bist du gewesen?
ich habe geglaubt du wärest bei mir

Und sind wir dann in der Wohnung
da muss er die Sportschau sehn,
ich richte derweil das Essen
und mache es mir hinterher bequem

Ich setze mich in den Sessel
und lehne mich gemütlich zurück
dann fliehe ich in das Land meiner Träume
und genieße jeden Augenblick.

Ein winzig kleines Stück

Ich suche etwas und kann es nicht finden
wo mag es denn nur sein
ich vermisse es schon seit Jahren
und ist es auch noch so klein

Auf einmal ist es verschwunden
und war ganz plötzlich nicht mehr da
egal wo ich auch fragte
es gab niemand der es sah

Ach, wie ich es vermisse
immer mehr fehlt es mir
ich kann es kaum erwarten
wann ist es endlich wieder hier

Und nachts in meinen Träumen
da sehe ich es vor meiner Tür
doch wenn ich am Morgen erwache
da ist es nicht mehr hier

Aber irgendwann da geht die Tür auf
und es kommt zu mir herein
dann lass ich es nicht mehr gehen
und schließe es sicher ein

Ich habe die Hoffnung nicht verloren
es kommt bestimmt zu mir zurück
ich will ja nur von der einst so großen Liebe
ein winzig kleines Stück

Träume

Ich habe dich im Traum gesehen
du kamst durch meine Tür
nahmst mich in deine Arme
und warst heute Nacht bei mir

Wir waren einst glücklich und ausgelassen
den Kindern machten wir es gleich
jede Sekunde haben wir genossen
unsere Liebe sie machte uns so reich

Dann musstest du von mir gehen
der Abschied fiel uns beiden schwer
du sagtest ich komme wieder
denn ich liebe dich ja so sehr

Die Zeit sie ist vergangen
Regen und Stürme zogen übers Land
doch du bist nicht gekommen
bis ich heute Nacht dich wieder fand

Du hältst mich fest in deinen Armen
und sagst: Die Zeit mit dir sie war so schön
ich werde immer bei dir bleiben
und niemals wieder von dir gehen

Doch als ich am Morgen erwachte
da konnte ich dich nicht mehr sehn
du bist wieder von mir gegangen
Warum müssen Träume so schnell vergehn?

Engel auf Erden

Ich gehe durch stille Gassen
die Sonne ist fast nicht mehr zu sehn
nur ein paar Leute eilen an mir vorüber
und wollen schnell nach Hause gehen

Vor mir geht eine junge Frau
die eine große Tasche trägt
man sieht sie ist sehr schwer
der Abendwind an ihr vorüberfegt

Ganz plötzlich bleibt sie stehen
ich gehe zu ihr und rede sie an
ich frage, ob sie noch weit gehen muss
und ob ich ihr vielleicht helfen kann

Auf der anderen Straßenseite kommt uns entgegen
eine Mutter mit ihren Kindern an der Hand
da hör ich sie auch schon rufen
seht mal unser Engel, und kommen schnell gerannt

Sie stürzen sich auf die Tasche
was hast du uns heute mitgebracht
wir sind so froh, dass wir dich haben
und dass sich Mutter nicht mehr so große Sorgen
macht

Da wurde ich ganz neugierig
und hörte ihnen staunend zu
ja, sagte die Frau, meine Kinder sind fast erwachsen
heute bringe ich euch Kleider, Wäsche und Schuhe

Der Vater dieser Kinder, hat seine Arbeit verloren
und ist noch krank dazu
sie nennen mich ihren Engel
und sind sehr dankbar, für alles was ich tue

Da wurde mein Glauben bestätigt
und ich muss es immer wieder sagen
es gibt viele Engel auf Erden
nur, dass sie hier unten keine Flügel tragen.

Die weise Frau

Es war vor über hundert Jahren
in einem kleinen Ort
da wohnte eine sehr kluge Frau
die heilte fast alle Kranken dort

Viele Sorten von Kräutern
die suchte sie sich täglich aus
sammelte alles in ihre Schürze
und trug sie dann nach Haus

Es gab unzählige Gräser und Kräuter
sowie heilsame Blüten ohne Zahl
die standen am Waldesrand und auf dem Felde
auch dort wo heute alles kahl

Daheim sortierte sie alles fein säuberlich
und kochte Getränke und auch Salben daraus
einige andere Sorten bündelte sie
und hing sie zum Trocknen hinaus

Das waren allerhand Teesorten
die man heute kaum noch find
damit heilte sie viele Krankheiten
die Kräuterfrau, so nannte sie ein jedes Kind

Ärzte gab es damals nur ganz wenige
und die waren weit zerstreut im Land
doch wenn jemand sehr krank war
dann ist man zu dieser weisen Frau gerannt

Sie besaß die Kunst zu heilen
und war auch besonders klug
die Leute waren ihr sehr dankbar
das war ihr Lohn genug

In all den langen Jahren
da ist sehr viel geschehen
es grünt zwar auf dem Felde
doch Heilkräuter sind nur wenige noch zu sehen

Du kannst sie nicht einfach pflücken
die meisten sind mit Gift besprüht
wir gehen einer Zukunft entgegen
in der es nicht mehr grünt und blüht

Vor ein paar Jahren noch auf meinen Spaziergängen
da konnte ich Meister Lampe fröhlich über die Felder
hoppeln sehn
schon lange ist mir kein Hase mehr begegnet
werden auch sie jetzt zugrunde gehen?

Das sündige Dorf

Es war einmal ein kleines Dorf
vor hunderten von Jahren
da gab es böse Menschen nur
die faul und ungerecht waren

Sie stritten und beschimpften sich
in diesem kleinen Ort
und wollte ein Fremder zu ihnen hinein
da jagten sie ihn fort

Der Herrgott sprach: Jetzt reicht es mir
so kann es nicht weitergehen
ein jeder von euch der hier wohnt
soll zur Strafe die Sonne nicht mehr sehn

Jede Nacht sollt ihr arbeiten
bis zum ersten Sonnenschein
jedoch bevor er euch erreicht
da schlaft ihr alle ein

So ist es dann geschehen
wie der Herrgott es gesagt
es war niemand mehr zu sehen,
weil sie alle schliefen am Tag

Viele Jahre sind vergangen
der Ort war nicht mehr zu sehen
ich muss mich immer wieder fragen,
was ist mit dem kleinen Dorf geschehen?

Der Fremde

Die Sonne versinkt hinter den Bergen
der Abendwind schleicht sich jetzt an
ich gehe durch stille verträumte Gassen
wo ich Frieden und Ruhe finden kann

Ich liebe diese Abendstunde
und atme die frische Luft
hier kann ich die Hetze des Tages vergessen
und genieße die Natur mit ihrem lieblichen Duft

Von weitem hör ich die Abendglocken
die Dunkelheit kommt leise heran
ein Mann geht plötzlich neben mir
und fragt ob er mich begleiten kann

Er erkundigt sich nach meiner Familie
und was ich in meinem Leben so alles hab getan
wir gingen nebeneinander
und er hörte sich alles an

Ich sagte, ich versuche das Beste aus allem zu
machen
und ist es auch oftmals sehr schwer
ich halte fest an meinem Glauben
und laufe dem Glück nicht hinterher

Dann stellte ich meine Fragen:
Woher kommen Sie und wohin wollen Sie gehen
doch ich bekam keine Antwort
es war niemand mehr zu sehen

Keiner sah ihn kommen,
er war ganz einfach da
ganz plötzlich ist er dann verschwunden,
der Fremde den außer mir niemand sah

Abendstille im Tal

Vom Kirchturm klingt die Abendglocke
die Stille macht sich langsam breit
alle Menschen jetzt nach Hause eilen
denn es ist Abendzeit

Ganz langsam verschwindet die Sonne
ihre letzten Strahlen versinken im Tal
die Dunkelheit kommt geschlichen
ein Vogelzwitschern zum letzten Mal

Ich schlendere langsam durch die Gassen
und schaue in ein Fenster hinein
drinnen sitzen lauschende Kinder
bei hellem Kerzenschein

Und Großmutter sitzt im Sessel
ganz still wird es im Nu
dann fängt sie an zu erzählen
und die Kinder hören ihr zu

Von Schneewittchen und den Zwergen
dort im Märchenland
von Hans im Glück und Dornröschen
die einen Prinzen fand

Von einem Hasen und dem Igel
der war besonders schlau
vom Rotkäppchen und seiner Großmutter
und vom Fischer und seiner Frau

Ich sah in leuchtende Augen
und schaute ihnen gerne zu
dann hörte Großmutter auf zu erzählen
und die Kinder gingen zur Ruh

Ich hatte die Zeit vergessen
und musste jetzt eilends gehen
dann drehte ich mich noch einmal um
ich hatte meine Kinderzeit gesehen

Winterzeit

Vom Himmel lacht die Wintersonne
unter meinen Füßen knirscht der Schnee
Bäume und Sträucher sind vor Kälte erstarrt
gefroren ist der See

Mein Weg führt mich am Wald entlang
wo die Bäume funkeln wie Kristall
wenn die Sonne durch ihre Äste dringt
sieht man ein Glitzern überall

In der Ferne hör ich ein fröhliches Kinderlachen
sie machen eine Schneeballschlacht
und toben im Schnee ganz ausgelassen
man sieht, dass es ihnen Freude macht

Die andern machen eine Schlittenfahrt
und rodeln vom Berg herab ins Tal
dann purzeln sie im Schnee herum
und probieren es noch einmal

Eine Schar Vögel fliegt vom Baum herab
sie hinterlassen ihre Spuren dann im Schnee
bevor sie fliegen in den Wald hinein
der Hunger tut ihnen weh

Ich wandere weiter durch die weiße Pracht
wohin ich auch schaue weit und breit
alles ist gefroren und zu Eis erstarrt
in dieser schönen Winterzeit.

Das verschwundene Schloss

Es war vor vielen Jahren
Häuser gab es hier noch nicht
die wenigen Menschen die hier waren
wohnten in ärmlichen Hütten ohne Licht

Alles andere war Wald und Wildnis
viele Tiere, selbst Wölfe gab es in der Einsamkeit
Straßen und Wege kannte man noch nicht
so war es, vor langer langer Zeit

Bis eines Tages ein stolzer Herzog kam
der baute hier ein Schloss
das war ein wahres Wunderwerk
ein Jagdschloss so schön und riesengroß

So nahm er sich als Diener
die wenigen Leute die er hier fand
dafür bekamen sie als Lohn
einmal im Jahr ein neues Gewand

Das Jagdschloss war umgeben
von einem Park, riesig breit und lang
und wollte der Herzog nach Zweibrücken
dann fuhr er durch einen unterirdischen Gang

Kaum hatte man die Kutsche gesehen
mit zwölf Windhunden als Gespann
dann waren sie auch schon verschwunden
in diesem unterirdischen Gang

Von diesem riesigen Jagdschloss
gibt es nur noch einen winzigen Teil zu sehen
die Zeit hat alles verschlungen
und doch ist es einmal so geschehen

Der kleine Weg zu dem unterirdischen Gang
auf dem sich auch die Stallung der Hunde befand
wurde zuerst zum Hunds Stall,
und wird jetzt die Herzog Straße genannt.

Nur ein einziges Mal in hundert Jahren
in einer Vollmondnacht
da sieht man das Jagdschloss wieder strahlen
in seiner ganzen Pracht

Dann kann man den herrlichen Ballsaal sehen
und den Herzog mit seinem ganzen Gefolge
mit festlich gekleideten Damen sich im Tanze drehen
die kostbare Geschmeide trugen aus purem Golde

Zum Schluss sieht man den Herzog mit seiner Kutsche
und seinen zwölf Windhunden als Gespann
dann öffnet sich schnell die unterirdische Pforte
bis er darin verschwindet
und schließt sich wieder sodann

Wenn die Nacht vorübergeht
und sich ihrem Ende neigt
dann ist alles plötzlich verschwunden
bis es sich in hundert Jahren wieder zeigt

Bald ist Weihnachten

Weihnachten naht die schönste Zeit
süße Düfte ziehen durch den Raum
der Weihnachtsmann macht sich schon bereit
muss nach den Menschen schau'n

Das Christkind hat gar viel zu tun
dort in der Himmelsbäckerei
Lebkuchen Stollen und Marzipan
für jeden ist etwas dabei

Frau Holle schaut herab zur Erde
und sieht jetzt wird es Zeit
sie schüttelt ihre Betten aus
damit es auf der Erde schneit

Und alle Englein üben fleißig
in ihrem himmlischen Chor
und dann am Heiligen Abend
da singen sie uns was vor

Vom Kindlein in der Krippe
das liegt auf Heu und Stroh
der Heiland ist geboren
und macht die Menschen froh

Willst du das Kindlein sehen
dort in der Krippe drin
ein goldner Stern wird dich begleiten
und führt dich zu ihm hin

O du fröhliche Weihnachtszeit

Weihnachten ist unser schönstes Fest
doch Mutti ist total gestresst
sitzt sie unterm Weihnachtsbaum beim Kerzenschein
da schläft sie vor Müdigkeit gleich ein

Müde vom vielen Plätzchen backen
vom kleinen und großen Geschenke verpacken
so geht sie den Englein stets zur Hand
hilft ihnen arbeiten fürs Weihnachtsland

Hannah wünschte sich für ihre Puppe ein neues Kleid
und Sophie bekam einen Clown rot und bunt
doch Mark, der wünschte sich schon die ganze Zeit
zum Spielen einen kleinen braunen Hund

Papa bekam einen neuen Pullover
sehr modern elegant und schick
der gefiel ihm ganz besonders gut
das sah man auf den ersten Blick

Da hatte Mutti so viel zu tun
sie hatte an sich selbst nicht gedacht
doch auch für sie hatte der Weihnachtsmann
ein besonderes Geschenk mitgebracht

Sie bekam ein ganz modernes Bügeleisen
Papa sagt: Das ist der letzte Schrei,
da geht das Bügeln wie von selbst
du kannst dich noch ausruhen dabei

Mutti lehnt sich dann im Sessel zurück
ihre Freude ist riesengroß
das eine weiß sie ganz gewiss
sie wird niemals arbeitslos

Papa spielt nun mit den Kindern
sie toben sich so richtig aus
man sieht nur frohe Gesichter
und Freude zieht durchs ganze Haus

Doch Mutti ist eingeschlafen
weil sie in letzter Zeit so wenig Ruhe fand
sie ist jetzt in ihren Träumen
bei den Englein im Weihnachtsland

Winter-Märchenland

Draußen herrscht eisige Kälte
der Winter macht sich langsam breit
dicke Flocken fallen vom Himmel
jetzt kommt die schöne Weihnachtszeit

Der Schnee fällt immer dichter
bald kann man nichts mehr sehen
nur Leute mit dick vermummten Gesichter
die dort auf der Straße gehen

Um mich herum ist alles wie verzaubert
in dieser schönen Zeit
alle haben es jetzt sehr eilig
das Fest der Liebe ist nicht mehr weit

Da kommt ein Schlitten mir entgegen
mit einem Renntiergespann
Sankt Niklaus kommt gefahren
den verschneiten Weg entlang

Ganz oben in den Lüften
hört man einen lieblichen Gesang
ein helles Glockenläuten
zieht jetzt den Wald entlang

Ein alter Mann sitzt frierend dort am Wege
die Kälte dringt durch sein dünnes Gewand
er wartet bestimmt schon auf Sankt Niklaus
der nimmt ihn mit ins Märchenland

Das Neue Jahr

Wir begrüßen dich du Neues Jahr
du bist zwar noch sehr klein
wir gehen jeden Tag mit dir einen Schritt weiter
in die Zukunft hinein

Unsere Wünsche sind bescheiden
und doch wünschen wir es uns so sehr
dass Liebe und Güte herrscht unter den Menschen
und für alle Zeiten Frieden wär

Dass alte Menschen nicht mehr abseits stehen
denn ihnen verdanken wir unser Leben
dass Kinder wieder ohne Ängste Kinder sein
können
O Neues Jahr kannst du uns das geben

Dass der Sonne wärmende Strahlen
dringen in jedes kalte Herz
und des Nachts das Leuchten der Sterne
unsere Wünsche tragen himmelwärts

Dann bitten wir dich du Großer Gott
lass du es doch geschehen
so dass wir alle miteinander
in eine friedliche Zukunft gehen

Hallo

Hallo Freunde, Hallo meine Lieben
gerne hätte ich noch ein Gedicht geschrieben
gerade auf diese letzte Seite hier
doch leider fehlt es mir an Schreibpapier

Alles habe ich voll geschrieben und wieder zerrissen
und dann in den Papierkorb geschmissen
die halbe Nacht hab ich gesucht nach Papier
doch es war leider keines hier

Und dann, ganz plötzlich fiel mir ein
auf dem WC da müssen noch zwei Rollen sein
die waren gleich wieder voll geschrieben
und das ist wirklich nicht übertrieben

Auch diesmal hatte ich kein Glück
und zerriss das gute Stück
die ganze Nacht, die war verpuscht
dann habe ich mal kalt geduscht

Überall herum lag das Papier
doch von einem Gedicht da war nichts hier
drum liebe Freunde, nehmt es mir nicht krumm
schlagt einfach diese Seite um.

Inhalt